Primavera de cão

OBRAS DO AUTOR PUBLICADAS PELA EDITORA RECORD
___

Flores da ruína
Primavera de cão
Remissão da pena

Patrick Modiano

Primavera de cão

Tradução de
Maria de Fátima Oliva Do Coutto

1ª edição

EDITORA RECORD
RIO DE JANEIRO • SÃO PAULO
2015

CIP-BRASIL. CATALOGAÇÃO NA FONTE
SINDICATO NACIONAL DOS EDITORES DE LIVROS, RJ

M697p Modiano, Patrick, 1945-
　　　　Primavera de cão / Patrick Modiano; tradução de
Maria de Fátima Oliva Do Coutto. – 1ª ed. –
Rio de Janeiro: Record, 2015.

　　　　Tradução de: Chien de printemps
　　　　ISBN 978-85-01-10306-2

　　　　1. Ficção francesa. I. Coutto, Maria de Fátima Oliva Do.
II. Título.

15-19490
　　　　　　　　　　　　　　　　CDD: 843
　　　　　　　　　　　　　　　　CDU: 821.133.1-3

Título original: CHIEN DE PRINTEMPS

Copyright © Editions du Seuil, 1993.

Texto revisado segundo o novo Acordo Ortográfico da Língua Portuguesa.

Todos os direitos reservados. Proibida a reprodução, no todo ou em parte, através de quaisquer meios. Os direitos morais do autor foram assegurados.

Direitos exclusivos de publicação em língua portuguesa somente para o Brasil
adquiridos pela
EDITORA RECORD LTDA.
Rua Argentina, 171 – Rio de Janeiro, RJ – 20921-380 – Tel.: 2585-2000, que se reserva a propriedade literária desta tradução.

Impresso no Brasil

ISBN 978-85-01-10306-2

Seja um leitor preferencial Record.
Cadastre-se e receba informações sobre
nossos lançamentos e nossas promoções.

EDITORA AFILIADA

Atendimento e venda direta ao leitor:
mdireto@record.com.br ou (21) 2585-2002.

para Dominique

Campainhas, braços pendentes, ninguém vem
                              para cá,
Campainhas, portas abertas, vontade de sumir.
Todos os cães sentem-se entediar
Quando o dono não mais está.

                              PAUL ELUARD

Aos dezenove anos, na primavera de 1964, conheci Francis Jansen, e hoje quero contar o pouco que sei dele.

Foi de manhã bem cedo, em um café na place Denfert-Rochereau. Eu estava acompanhado de uma namorada da minha idade, e Jansen ocupava uma mesa à nossa frente. Ele nos observava sorrindo. Em seguida, tirou uma Rolleiflex de uma bolsa sobre um banquinho estofado de moleskin ao seu lado. Quase não me dei conta de que ele apontava a objetiva para nós, pois seus gestos eram ao mesmo tempo rápidos e despreocupados. Na época, Jansen usava uma Rolleiflex, mas eu seria incapaz de especificar os papéis e os procedimentos de revelação utilizados para obter a luz que banhava cada uma de suas fotos.

Na manhã de nosso encontro, lembro-me de ter lhe perguntado, por educação, qual era, em sua opinião, a melhor câmera fotográfica.

Ele dera de ombros e me confessara que, definitivamente, preferia aqueles aparelhos de plástico preto, comprados nas lojas de brinquedos, que lançam um jato d'água quando se aperta o disparador.

Ele nos oferecera um café e propusera nos usar de modelos, mas na rua. Uma revista americana o tinha contratado para ilustrar uma reportagem sobre a juventude em Paris e, pronto, havíamos sido escolhidos: era mais simples, seria mais rápido e, mesmo que não ficassem satisfeitos na América, isso não tinha nenhuma importância. Ele queria se livrar daquele trabalho meramente pecuniário. À saída do café, caminhamos sob o sol, e o escutei dizer com seu leve sotaque:

— Primavera de cão.

Reflexão que repetiria com frequência naquela estação.

Primeiro, ele nos fez sentar em um banco; em seguida, colocou-nos à frente de um muro sombreado por uma fileira de árvores na avenue Denfert-Rochereau. Guardei uma das fotos. Sentamo-nos no banco, minha namorada e eu.

Tenho a impressão de que são outras pessoas, quer por causa do tempo transcorrido, quer pelo que Jansen captou com sua objetiva e que nós, naquela época, não teríamos visto mesmo se nos olhássemos no espelho: dois adolescentes anônimos e perdidos em Paris.

Nós o acompanhamos ao seu ateliê pertinho dali, na rue Froidevaux. Percebi que ficar sozinho o deixava apreensivo.

 Entrava-se no ateliê, localizado no térreo de um prédio, por uma porta que dava para a rua. Um vasto cômodo de paredes brancas; ao fundo, uma escadinha conduzia ao mezanino. Uma cama ocupava todo o espaço do mezanino. Era mobiliado apenas com um sofá cinza e duas poltronas da mesma cor. Ao lado da lareira de tijolinhos, três maletas de couro marrom empilhadas. Nada nas paredes. Exceto duas fotos. Na maior, uma mulher, uma tal de Colette Laurent, como mais tarde eu viria a saber. Na outra, dois homens — um deles Jansen, mais jovem — sentados lado a lado em uma banheira destruída em meio a ruínas. Apesar da minha timidez, não consegui evitar pedir explicações a Jansen. Respondera-me que eram ele e seu amigo Robert Capa, em Berlim, em agosto de 1945.

Antes desse encontro, o nome de Jansen me era desconhecido. Mas eu sabia quem era Robert Capa por ter visto suas fotos da guerra da Espanha e lido um artigo sobre sua morte na Indochina.

Os anos se passaram e, longe de borrar a imagem de Capa e Jansen, tiveram o efeito contrário: agora a tal imagem é bem mais nítida em minha memória que naquela primavera.

Na foto, Jansen aparecia como uma espécie de duplo de Capa, ou, melhor, um irmão caçula que o outro tivesse tomado sob seus cuidados. Enquanto Capa, com os cabelos castanho- -escuros, o olhar sombrio e o cigarro pendente no canto da boca, exalava ousadia e alegria de viver, Jansen, louro, magro, olhos claros, sorriso tímido e melancólico, não parecia nada à vontade. E o braço de Capa, descansando no ombro de Jansen, não era apenas amistoso. Dava a impressão de sustentar o jovem fotógrafo.

Sentamo-nos nas poltronas e Jansen nos ofereceu uísque. Ele foi ao fundo do cômodo e abriu uma porta que dava para uma cozinha antiga transformada em câmara escura. Logo voltou, murmurando ao se aproximar:

— Sinto muito, mas o uísque acabou.

Ele permanecia um pouco tenso, de pernas cruzadas, sentado na beirada do sofá, como se estivesse de visita. Não rompíamos o silêncio, minha namorada e eu. O cômodo de paredes brancas era muito claro. As duas poltronas e o sofá estavam dispostos a uma distância imensa uns dos outros, o que dava uma sensação de vazio. A impressão era de que ele já não morava naquele local. As três maletas, cujo couro refletia os raios de sol, sugeriam uma partida iminente.

— Se isso lhes interessa — disse ele —, mostro as fotos depois de reveladas.

Eu tinha anotado seu telefone em um maço de cigarro. Aliás, como nos informou, constava na lista telefônica: Jansen, 9, rue Froidevaux, Danton 75-21.

Às vezes parece que nossa memória sofre um processo análogo ao das fotos tiradas por polaroide. Durante cerca de trinta anos, quase não pensei em Jansen. Nossos encontros transcorreram em um lapso de tempo muito curto. Ele deixou a França no mês de junho de 1964, e escrevo estas linhas em abril de 1992. Nunca mais tive notícias dele e não sei se está vivo ou morto. Sua lembrança ficara hibernando, mas eis que ressurge no início desta primavera de 1992. Será por ter encontrado aquela foto de minha namorada e eu, no verso da qual um carimbo com letras azuis indica: *Foto Jansen. Reprodução proibida*? Ou pela simples razão de as primaveras se assemelharem?

Hoje, o ar estava ameno, os brotos desabrocharam nas árvores do jardim do Observatório e o mês de abril de 1992 se fundia, por um fenômeno de sobreimpressão, ao de abril de

1964, e a outros futuros meses de abril. A lembrança de Jansen me perseguiu à tarde e me perseguirá sempre: Jansen continuará sendo alguém que não tive tempo de conhecer.

Quem sabe outra pessoa, que não eu, escreverá um livro sobre ele, ilustrado com as fotos que encontrará? Uma coleção de volumes pretos de bolso é dedicada a fotógrafos célebres. Por que ele não figuraria em um desses livros? Ele merece. Enquanto isso, se estas páginas o tirarem do esquecimento, ficarei muito feliz — um esquecimento pelo qual ele é responsável e que buscou deliberadamente.

Parece-me necessário observar aqui as poucas informações biográficas que reuni sobre ele: nasceu em 1920 em Anvers, e não conheceu o pai. A mãe e ele tinham nacionalidade italiana. Após alguns anos de estudos em Bruxelas, em 1938 trocou a Bélgica por Paris, trabalhando como assistente de vários fotógrafos. Conheceu Robert Capa. Em janeiro de 1939, Capa o levou a Barcelona e a Figueres, onde acompanharam o êxodo dos refugiados espanhóis rumo à fronteira francesa. Em julho do mesmo ano, cobriu o Tour de France junto a Capa. Com a declaração de guerra, Capa lhe propôs partir para os Estados Unidos e obteve dois vistos. No último instante, Jansen decidiu ficar na França. Passou os dois primeiros anos da Ocupação em Paris. Graças a um jornalista italiano, trabalhou para o departamento fotográfico da revista *Tempo*. Mas isso não evitou que fosse interpelado durante uma batida policial e preso como judeu no campo de Drancy, onde permaneceu até o dia que o consulado da Itália conseguiu libertar seus cidadãos. Em seguida, ele se refugiou em Haute-Savoie e lá aguardou o fim da guerra. De volta a Paris, reencontrou Capa e o acompanhou a Berlim. Ao longo dos anos subsequentes, trabalhou para a agência Magnum. Após a morte de Capa e de Colette Laurent — a namorada cujo retrato eu tinha visto na parede de seu ateliê —, ele se fechou cada vez mais em si mesmo.

 Experimento certo desconforto ao compartilhar esses detalhes, e imagino o constrangimento de Jansen se os visse impressos. Era um homem de poucas palavras. E faria qualquer coisa para ser esquecido; até partir para o México em junho de 1964 e nunca mais dar sinal de vida. Ele me dizia com frequência: "Quando eu chegar lá, envio um cartão-postal para lhe dar meu endereço." Aguardei em vão. Duvido que um dia estas páginas caiam em suas mãos. Se isso acontecesse, então eu receberia um cartão-postal, de Cuernavaca ou de outro lugar, com esta simples ordem: Cale-se.

Mas não, eu não receberei nada. Basta olhar uma das suas fotos para constatar a qualidade que ele dominava, tanto em sua arte quanto em sua vida, e que é tão preciosa e tão difícil de adquirir: o silêncio. Certa tarde fui visitá-lo e ele me deu a foto em que minha namorada e eu estamos sentados no banco. Ele havia me perguntado o que eu pretendia fazer mais tarde e lhe respondi:

— Escrever.

Essa atividade lhe parecia ser "a quadratura do círculo" — o termo exato que havia empregado. De fato, escreve-se com palavras, e ele buscava o silêncio. Uma fotografia pode expressar o silêncio. Mas e as palavras? Eis o que teria sido interessante em sua opinião: conseguir criar o silêncio com as palavras. Ele caíra na gargalhada.

— E então, vai tentar? Confio em você. Mas, sobretudo, que isso não o impeça de dormir...

De todos os caracteres, havia me dito preferir as reticências.

Eu o tinha questionado a respeito das fotos que vinha tirando havia quase vinte e cinco anos. Ele apontara para as três maletas de couro empilhadas.

— Coloquei tudo ali dentro... Se isso lhe interessa...

Ele havia se levantado e, com um gesto displicente, abriu a maleta de cima. Estava cheia até a borda, e algumas fotos caíram. Ele nem sequer as apanhara. Mexeu no interior, e outras fotos transbordaram da maleta e se espalharam pelo chão. Acabou encontrando um álbum e me entregou.

— Tome... Fiz isso quando tinha mais ou menos a sua idade... Deve ser o único exemplar que sobrou no mundo... É seu...

Tratava-se de *Neve e sol*, publicado em Genebra, na Suíça, pelas Éditions de La Colombière, em 1946.

Eu pegara as fotos do chão e as guardara na maleta. Eu tinha lhe dito que era uma pena deixar tudo bagunçado daquele jeito e que ele deveria classificar e catalogar o conteúdo daquelas três maletas. Jansen havia me olhado com ar surpreso.

— Você não teria tempo... Devo partir mês que vem para o México.

Entretanto, eu podia pelo menos tentar realizar aquela tarefa. Não tinha mais nada a fazer durante o dia depois de ter abandonado os estudos; além do mais, havia ganhado algum dinheiro — o suficiente para viver um ano — graças à venda de móveis, quadros, tapetes e livros de um apartamento abandonado.

Jamais saberei o que Jansen pensava da minha iniciativa. Acredito que lhe era indiferente. Mas ele havia me confiado uma cópia da chave do ateliê para que eu desse andamento ao meu trabalho durante sua ausência. Com frequência, eu ficava sozinho no grande cômodo de paredes brancas. E, toda vez que Jansen entrava, parecia abismado em me ver. Certa noite em que eu separava as fotos, ele tinha se sentado no sofá e me observado sem dizer nada. Por fim, havia me feito a seguinte pergunta:

— Por que você faz isso?

Naquela noite, ele parecia de súbito intrigado com minha atividade. Eu havia lhe respondido que aquelas fotos possuíam um interesse documental, pois eram o testemunho de pessoas e coisas esquecidas. Ele dera de ombros.

— Não suporto mais vê-las...

Adotara um tom grave que eu não conhecia.

— Entenda, meu jovem, é como se cada uma delas me trouxesse um arrependimento... Melhor fazer tábula rasa das fotos...

Quando ele empregava expressões bem francesas — "a quadratura do círculo" ou "fazer tábula rasa" —, seu sotaque se acentuava.

Na época, ele tinha quarenta e quatro anos, e agora compreendo melhor seu estado de espírito. Ele gostaria de esquecer "tudo aquilo", sofrer amnésia... porém nem sempre se sentira assim. Na verdade, no verso de cada uma das fotos constava uma legenda bastante detalhada indicando a data em que a havia tirado, o lugar, o nome da pessoa fotografada, e ele até acrescentava certos comentários. Eu lhe tinha feito essa observação.

— Eu devia ser tão maníaco quanto você naquele tempo... Mas mudei muito, desde...

O telefone tinha tocado, e ele me dissera a frase habitual:

— Diga que não estou em casa...

Uma voz feminina. Ela já havia ligado várias vezes. Uma tal de Nicole.

Era sempre eu quem atendia. Jansen não queria nem saber o nome da pessoa que tinha telefonado. E eu o imaginava sozinho, sentado na beira do sofá, ouvindo os toques que se sucediam no silêncio...

Às vezes, tocavam a campainha. Jansen tinha me pedido para nunca abrir, pois havia o risco de aquela "gente" — ele empregava esse termo vago — entrar e esperar por ele no ateliê. A cada toque, eu me escondia atrás do sofá para não ser visto pela porta envidraçada que dava para a rua. De repente, eu tinha a sensação de ter invadido o ateliê e temia que quem tocava, ao perceber uma presença suspeita, avisasse a delegacia mais próxima.

O "último círculo" — como ele mesmo dizia — vinha assombrá-lo. De fato, eu tinha observado que eram sempre as mesmas pessoas. Essa Nicole, e também "os Meyendorffs", como Jansen os chamava: o homem ou a mulher pedia que Jansen "retornasse a ligação o mais rápido possível". Eu anotava os nomes em uma folha de papel e lhe transmitia os recados, apesar de sua total indiferença quanto ao assunto. Achei, em meio a outras lembranças, uma daquelas folhas em que estão escritos os nomes de Nicole, dos Meyendorffs e de duas outras pessoas que telefonavam com frequência: Jacques Besse e Eugène Deckers.

Jansen empregava o termo "último círculo", pois suas relações foram se reduzindo aos poucos no decorrer dos últimos anos. Eu acabara compreendendo que as mortes de Robert Capa e Colette Laurent, com algum intervalo entre elas, haviam produzido uma ruptura em sua vida.

De Colette Laurent eu não sabia muita coisa. Ela aparecia em várias fotos de Jansen, que só falava dela com meias-palavras.

Vinte anos depois, soube que eu havia cruzado com essa mulher na minha infância e, portanto, também poderia ter falado dela com Jansen. Mas eu não a reconhecera nas fotos. Dela havia me restado apenas uma impressão, um perfume, os cabelos castanhos e uma voz doce que tinha me perguntado se eu ia bem na escola. Assim, certas coincidências correm o risco de ser ignoradas por nós; certas pessoas aparecem em nossas vidas diversas vezes e nem sequer reparamos.

Em uma primavera ainda mais longínqua que aquela em que conheci Jansen, eu tinha uns dez anos e passeava com minha mãe, quando havíamos encontrado uma mulher, na esquina da rue Saint-Guillaume com o boulevard

Saint-Germain. Caminhamos de um lado para o outro enquanto minha mãe e ela conversavam. Suas palavras se perderam na noite do tempo, mas eu me lembrara da calçada ensolarada e de seu nome: Colette. Mais tarde, tinha ouvido dizer que ela morrera em circunstâncias estranhas durante uma viagem ao exterior, e isso havia me abalado. Seria preciso esperar dezenas de anos até que uma ligação surgisse entre dois momentos da minha vida: aquela tarde na esquina da rue Saint-Guillaume e minhas visitas ao ateliê de Jansen, na rue Froidevaux. Meia hora de caminhada de um ponto ao outro, porém uma imensa distância no tempo... E a ligação era Colette Laurent, de quem não sei quase nada, a não ser ter sido muito importante para Jansen e ter levado uma vida caótica. Ela viera muito jovem para Paris, de uma província longínqua.

Havia pouco eu tentava imaginar seu primeiro dia em Paris e tinha certeza de que era semelhante ao de hoje, no qual um raio de sol intenso surge depois das pancadas de chuva desta época do ano. Um vento atlântico agita os galhos das árvores e dobra os guarda-chu-

vas. Os pedestres se abrigam sob as portas-
-cocheiras. Ouvem-se os gritos das gaivotas.
Ao longo do cais de Austerlitz, o sol brilha nas
calçadas molhadas e nas grades do Jardin des
Plantes. Ela atravessava pela primeira vez esta
cidade lavada pela tempestade e carregada de
promessas. Acabava de chegar à gare de Lyon.

Mais uma lembrança que remonta à minha
infância e se refere a Colette Laurent. No verão,
meus pais alugavam um minúsculo bangalô
em Deauville, perto da avenue de la Républi-
que. Certa noite Colette Laurent tinha chegado
sem aviso. Parecia muito cansada. Ela havia se
trancado na pequena sala de estar e dormido
dois dias a fio. Falávamos em voz baixa, minha
mãe e eu, para não a incomodar.
 Na manhã de seu despertar, ela se ofereceu
para me levar à praia. Andei ao seu lado, sob
os arcos. Na altura da livraria Chez Clément
Marot, atravessamos a rua. Ela colocou a mão
no meu ombro. Em vez de seguir em frente
rumo à praia, levou-me até o hotel Royal. Na
entrada, ela me pediu:

— Pergunte ao senhor no balcão se ele tem alguma carta para Colette...

Entro no saguão e, gaguejando, pergunto ao recepcionista se ele tem "alguma carta para Colette". Ele não parece surpreso com minha pergunta. Estende um envelope marrom bem grande e bem volumoso no qual está escrito o nome dela a tinta azul: COLETTE.

Saio do hotel e lhe entrego o envelope. Ela o abre e espia o interior. Ainda hoje me pergunto o que continha.

Depois, ela me acompanha até a praia. Nós nos sentamos nas espreguiçadeiras, perto do bar du Soleil. Àquela hora, não há ninguém exceto nós dois.

Eu havia comprado dois cadernos vermelhos da marca Clairefontaine, um para mim e outro para Jansen, a fim de catalogar as fotos em dois exemplares. Temia que ao longo de sua viagem ao México ele perdesse o fruto do meu trabalho, por indiferença ou distração. Eu preferia então conservar uma cópia. Hoje, folhear suas páginas me causa uma estranha sensação: a de consultar um catálogo muito detalhado de fotos imaginárias. Qual o destino delas, quando não se tem nem certeza do destino de seu autor? Jansen levou consigo as três maletas ou destruiu tudo antes de partir? Eu tinha lhe perguntado o que pretendia fazer com as três maletas, e ele havia respondido que elas o sobrecarregavam e que, além do mais, não queria "excesso de bagagem". Porém, não me propôs guardá-las comigo em Paris. Na melhor das hipóteses, elas agora apodrecem em algum subúrbio do México.

Certa noite em que eu ficara no ateliê até mais tarde que de costume, ele tinha entrado e me surpreendido no instante em que eu copiava no segundo caderno tudo o que já anotara no primeiro. Ele havia se inclinado por cima do meu ombro.

— É um trabalho de monge beneditino, meu jovem... Não está cansado?

Eu sentia uma ponta de ironia em sua voz.

— Se eu fosse você, iria ainda mais longe... Não me contentaria com dois cadernos... Prepararia um índice geral onde listaria, em ordem alfabética, os nomes das pessoas e dos lugares que aparecem nessas fotos...

Ele sorria. Eu ficara desconcertado. Tivera a sensação de que debochava de mim. No dia seguinte, em uma grande agenda, comecei a organizar um índice em ordem alfabética. Eu estava sentado no sofá, entre as pilhas de fotos que retirava das maletas à medida que anotava os dados nos dois cadernos e na agenda. Desta vez, o sorriso de Jansen havia congelado e ele me observava estupefato.

— Eu estava brincando, meu jovem... E você levou minhas palavras ao pé da letra...

Quanto a mim, eu não brincava. Se eu havia me engajado nesse trabalho, é porque me recusava a permitir que as pessoas e as coisas desaparecessem sem deixar vestígio. Podemos algum dia nos resignar a isso? Afinal, Jansen tinha manifestado a mesma preocupação. Consultando o índice que guardei, percebo que muitas de suas fotos ou eram de Paris ou eram retratos. Ele escrevera no verso das primeiras o endereço onde as havia tirado, senão teria sido com frequência difícil, para mim, localizá-las. Nelas viam-se escadarias, meios-fios, telhas, bancos, cartazes rasgados em muros ou tapumes. Nenhum gosto pelo pitoresco, simplesmente seu olhar pessoal, um olhar de cuja expressão triste e atenta ainda me recordo.

Eu tinha descoberto, entre as fotos, em uma folha de papel de carta, algumas notas escritas por Jansen intituladas: "A luz natural". Tratava-se de um artigo que lhe fora solicitado por uma revista de cinema, pois ele havia servido de consultor técnico voluntário para alguns jovens diretores no início dos anos sessenta e lhes ensinara a utilizar os obturadores das câmeras americanas usadas em noticiários durante a guerra. Por que essas notas mexeram tanto comigo na época? Desde então, eu me dei conta do quanto é difícil encontrar o que Jansen chamava de "luz natural".

Jansen tinha me explicado que ele mesmo rasgava os cartazes nas ruas para que aparecessem os que foram cobertos pelos mais recentes. Ele descolava as tiras, camada por camada, e as fotografava à medida que as descolava meticulosamente, até chegar aos últimos fragmentos de papel que subsistiam na madeira ou na pedra.

Eu havia numerado as fotos em ordem cronológica:

325. *Tapume na rue des Envierges.*
326. *Muro na rue Gasnier-Guy.*
327. *Escadaria da rue Lauzin.*
328. *Passarela da Mare.*
329. *Oficina na rue Janssen.*
330. *Local do antigo cedro na esquina da rue Alphonse-Daudet e da rue Leneveux.*
331. *Ladeira da rue Westermann.*
332. *Colette, rue de l'Aude.*

Eu organizara a lista de nomes das pessoas que Jansen havia fotografado. Ele as tinha abordado ao acaso na rua, em cafés, durante um passeio.

O meu, hoje, levou-me até a orangerie do jardin du Luxembourg. Atravessei a zona de sombra sob as castanheiras perto das quadras de tênis. Detive-me diante do campo de bocha. Alguns homens disputavam uma partida. Minha atenção se fixou no mais alto, que usava uma camisa branca. Uma foto de Jansen me voltou à memória, no verso da qual estava escrita esta referência que eu tinha recopiado no catálogo: *Michel L. Cais de Passy. Data indeterminada*. Um jovem de camisa branca apoiava o cotovelo no mármore de uma lareira sob uma iluminação posicionada com bastante precisão.

Jansen se lembrava muito bem das circunstâncias em que tirara aquela foto. Ele não tinha um centavo, e Robert Capa, que conhecia gente de todo tipo, conseguira um trabalho fácil e muito bem-remunerado para ele. Tratava-se de ir à casa de uma americana, no cais de Passy, com todo o material necessário para fotos de estúdio.

Jansen havia ficado impressionado com o luxo, a imensidão e as varandas do apartamento. A americana era uma mulher com uns cinquenta anos e uma beleza ainda deslumbrante, mas que poderia ser a mãe do seu companheiro, um jovem francês. Era ele quem Jansen devia fotografar. A americana queria vários retratos desse "Michel L.", ao estilo das fotos de Hollywood. Jansen havia instalado os refletores como se estivesse acostumado com aquele tipo de trabalho. E tinha vivido durante seis meses com o dinheiro obtido com as fotos de "Michel L.".

Quanto mais eu observava o homem que se preparava para lançar a bola, mais me convencia de nele reconhecer "Michel L.". O que tinha me chamado atenção na foto foram os olhos à flor da pele e levemente voltados para as têmporas, que davam a "Michel L." um olhar estranho, multifacetado, fazendo supor que seu campo de visão era mais amplo que o normal. E aquele homem ali, à minha frente, tinha os mesmos olhos levemente voltados para as têmporas e o mesmo perfil de "Michel L.".

A camisa branca acentuava ainda mais a semelhança, apesar dos cabelos grisalhos e do rosto empastado.

O campo era cercado por uma grade, e eu não me atrevia a cruzar essa fronteira e interromper a partida. Havia uma distância de mais de quarenta anos entre o "Michel L." fotografado por Jansen e o jogador de bocha de hoje.

Ele se aproximou da grade enquanto um de seus companheiros atirava a bola. E me deu as costas.

— Perdão, senhor...

Minha voz saiu tão fraca que ele não me escutou.

— Perdão, senhor... Gostaria de pedir uma informação...

Desta vez, eu tinha falado bem mais alto e articulado as sílabas. Ele se virou. Postei-me à sua frente.

— O senhor conheceu o fotógrafo Francis Jansen?

Seus olhos estranhos pareciam fixos em alguma coisa no horizonte.

— O que o senhor disse?

— Gostaria de saber se alguma vez o senhor foi fotografado por Francis Jansen.

Porém, mais adiante uma discussão irrompera entre os outros jogadores. Um deles se aproximou.

— Lemoine... é sua vez...

Agora eu tinha a impressão de que ele me olhava de esguelha e nem me via mais. Entretanto, disse-me:

— Com licença... Preciso jogar...

Ele se colocava na posição e lançava a bola. Os outros exclamavam. Eles o cercavam. Eu não compreendia as regras do jogo, mas acho que ele havia ganhado a partida. Em todo caso, tinha se esquecido de mim por completo.

Arrependo-me hoje de não ter apanhado algumas fotos nas maletas. Jansen não teria sequer notado. Aliás, se eu tivesse lhe pedido que me desse todas as que me interessavam, tenho certeza de que teria concordado.

Além disso, na hora, nunca pensamos em fazer perguntas que provocariam confidências. Assim, por discrição, eu evitava falar de Colette Laurent com ele. Disso também me arrependo.

A única foto que guardei é justamente uma foto dela. Ainda não me lembrava de que a tinha conhecido uns dez anos antes, mas seu rosto devia de alguma forma me ser familiar.

A foto traz a referência: *Colette, 12, hameau du Danube*. Quando o sol se prolonga até as dez da noite, por causa do horário de verão, e o barulho do trânsito se cala, tenho a ilusão de que bastaria voltar aos bairros longínquos para encontrar aqueles que perdi e que lá ficaram: hameau du Danube, poterne des Peupliers ou rue du Bois-des-Caures. Ela apoia as costas na porta de uma construção, as mãos nos bolsos do impermeável. Toda vez que olho essa foto, experimento uma sensação dolorosa. Como de manhã, quando você tenta se lembrar do sonho da noite e só restam fragmentos que gostaria de reunir, mas que desaparecem. Quanto a mim, conheci essa mulher em outra vida e me esforço para me lembrar. Um dia, talvez, eu consiga romper essa camada de silêncio e esquecimento.

Jansen aparecia com cada vez menos frequência no ateliê. Por volta das sete da noite, ele me telefonava:

— Alô... Escriba?

Ele me dera esse apelido. Perguntava-me se alguém havia telefonado, se alguém tocara a campainha e se podia voltar com tranquilidade sem topar com um visitante inesperado. Eu o acalmava. Apenas uma ligação telefônica dos Meyendorffs no início da tarde. Não, nenhuma notícia de Nicole.

— Então, estou chegando — dizia-me. — Até logo, Escriba.

Às vezes, ele voltava a ligar meia hora depois.

— Tem certeza de que Nicole não está por aí? Posso voltar de verdade?

Após ter interrompido meu trabalho, eu esperava ainda algum tempo. Mas ele não voltava. Então, eu deixava o ateliê. Seguia a rue

Froidevaux, ao longo do cemitério. Naquele mês, as árvores tinham recuperado suas folhagens e eu temia que essa tal de Nicole se escondesse atrás de uma delas, à espera da passagem de Jansen. Se ela me visse, caminharia na minha direção e me perguntaria onde ele estava. Ela também podia estar à espreita na esquina das ruazinhas que desembocam na calçada da esquerda para me seguir a distância, na esperança de que eu a levaria a Jansen. Eu caminhava a passos rápidos e me voltava furtivamente. No início, pelo que Jansen me dizia, eu considerava Nicole um perigo.

Uma tarde em que Jansen tinha saído, ela apareceu no ateliê e, de súbito, tomei a decisão de abrir a porta. Constrangia-me sempre lhe dizer ao telefone que Jansen não estava.

Quando ela me viu no vão da porta, uma expressão de inquieta surpresa cruzou seu olhar. Talvez tivesse acreditado, por um instante, que Jansen houvesse ido embora de vez e que um novo inquilino ocupava o ateliê agora.

Tranquilizei-a de imediato. Sim, era eu quem atendia o telefone. Sim, eu era amigo de Francis.

Eu a convidei a entrar e nos sentamos, os dois, ela no sofá, eu em uma das poltronas. Ela havia notado os dois cadernos, a agenda grande, as maletas abertas e as pilhas de fotos. Perguntou-me se eu trabalhava para Francis.

— Estou tentando organizar um catálogo com todas as fotos que ele tirou.

Ela meneou a cabeça com gravidade.

— Ah, certo... Tem razão... Faz muito bem...

Houve um instante de constrangimento entre nós. Ela quebrou o silêncio.

— Você não sabe onde ele está?

Ela havia feito a pergunta com um tom ao mesmo tempo tímido e precipitado.

— Não... Ele vem cada vez menos aqui...

Ela tirou da bolsa uma cigarreira que ficou abrindo e fechando. Cravou os olhos nos meus.

— Você não poderia intervir e pedir a ele que me concedesse um último encontro?

Esboçou um sorriso.

— Faz muito tempo que você o conhece? — perguntei.

— Seis meses.

Eu adoraria saber mais. Teria vivido com Jansen?

Ela lançava olhares curiosos ao redor, como se não viesse aqui há uma eternidade e quisesse constatar as mudanças. Devia ter uns vinte e cinco anos. Era morena e tinha olhos claros: verde pálido ou cinza?

— É um sujeito estranho — disse ela. — Ele é muito gentil e depois, de um dia para o outro, desaparece... Isso também aconteceu com você?

Eu lhe respondi que, com frequência, não sabia onde ele estava.

— Faz quinze dias que ele não quer mais me ver nem falar comigo por telefone.

— Não acho que seja por maldade — comentei.

— Não... não... Eu sei... Isso acontece de vez em quando... Ele tem ausências... Finge-se de morto... e depois reaparece...

Ela tirou um cigarro do estojo e me ofereceu. Não me atrevi a lhe dizer que não fumava. Pegou um para ela. Depois acendeu o meu com um isqueiro. Traguei e tossi.

— Como você explica isso? — perguntou de súbito.

— O quê?

— Essa mania de se fingir de morto?

Hesitei um instante. Em seguida, falei:

— Talvez por causa de certos acontecimentos da vida...

Meu olhar pousou sobre a foto de Colette Laurent pendurada na parede. Ela também tinha uns vinte e cinco anos.

— Estou atrapalhando o seu trabalho...

Fez menção de se levantar e ir embora. Ela me estenderia a mão e me confiaria, na certa, um novo e inútil recado para Jansen. Eu lhe disse:

— De jeito nenhum... Fique mais um pouco. Nunca se sabe... Ele pode voltar a qualquer instante...

— E você acha que ele ficará contente por me ver aqui?

Ela me sorria. Pela primeira vez desde que entrara no ateliê ela prestava realmente atenção em mim. Até então, eu era a sombra de Jansen.

— Você assume a responsabilidade?

— A inteira responsabilidade — respondi.

— Então, ele corre o risco de ter uma surpresa desagradável.

— De jeito nenhum. Tenho certeza de que vai ficar muito contente por encontrá-la. Ele tem a tendência a se fechar em si mesmo.

Comecei a tagarelar de súbito, para disfarçar minha timidez e meu embaraço, porque ela me fitava com seus olhos claros. Acrescentei:

— Se não forçarmos, corremos o risco de ele se fingir de morto para sempre.

Fechei a agenda e os cadernos espalhados no chão e arrumei as pilhas de fotos em uma das maletas.

— Como você o conheceu? — perguntei.

— Ah... por acaso... pertinho daqui... em um café...

Seria o mesmo café da Denfert-Rochereau onde nós o encontramos, minha namorada e eu?

Ela franziu a testa; suas sobrancelhas castanhas contrastavam com os olhos claros.

— Quando descobri sua profissão, pedi que tirasse umas fotos minhas... Eu precisava delas para o meu trabalho... Ele me trouxe aqui... E tirou umas fotos muito lindas...

Elas ainda não tinham passado pelas minhas mãos. As fotos mais recentes que eu havia catalogado datavam de 1954. Talvez não tivesse conservado nada a partir daquele ano.

— Então, se estou entendendo direito, ele o contratou como secretário?

Ela continuava a me fitar com seus olhos transparentes.

— Nada disso — respondi. — Ele não precisa mais de um secretário. Cada vez exerce menos sua profissão.

Na véspera, ele tinha me convidado a um pequeno restaurante perto do ateliê. Levava sua Rolleiflex. Ao terminar a refeição, ele a havia colocado sobre a mesa e declarado que chegara ao fim, não queria mais usá-la. Ele me deu a câmera de presente. Eu tinha comentado que era realmente uma pena.

— É preciso saber a hora de parar.

Ele tinha bebido mais que de costume. Durante a refeição, esvaziara uma garrafa de uísque, porém mal se notava: apenas o olhar um pouco enevoado e um jeito mais lento de falar.

— Se eu continuar, vai ter cada vez mais trabalho para o seu catálogo. Não acha que já chega?

Eu o acompanhara até um hotel no boulevard Raspail onde ele tinha alugado um quarto. Não queria voltar ao ateliê. Segundo ele, aquela "garota" era capaz de esperá-lo na porta. E, de verdade, ela perdia seu tempo com "um cara como ele...".

Ela estava sentada ali no sofá, diante de mim. Já eram sete da noite e escurecia.

— Você acha que ele vem hoje? — perguntou ela.

Eu tinha certeza de que não. Ele iria jantar sozinho no bairro, depois retornaria a seu quarto de hotel no boulevard Raspail. A menos que me telefonasse de uma hora para outra a fim de marcar um encontro comigo no restaurante. E se eu lhe confessasse que Nicole estava aqui, qual seria sua reação? Logo pensaria que ela tinha apanhado o fone da extensão. Então fingiria estar ligando de Bruxelas ou de Genebra e até aceitaria falar com ela. Ele lhe diria que sua estada lá corria o risco de se prolongar.

Mas o telefone não tocou. Estávamos sentados um de frente para o outro em silêncio.

— Posso continuar esperando?

— O quanto quiser...

O cômodo estava tomado pela penumbra e me levantei para acender a luz. Quando me viu chegar perto do interruptor, ela pediu:

— Não... Não acenda...

Voltei a me sentar no sofá. Tive a impressão de que ela se esquecera da minha presença. Depois, ergueu a cabeça para mim.

— Moro com uma pessoa muito ciumenta e corremos o risco de ela bater aqui se vir a luz acesa...

Eu permanecia mudo. Não me atrevia a lhe propor abrir a porta e explicar a esse potencial visitante que não havia ninguém no ateliê.

Como se tivesse adivinhado meu pensamento, ela disse:

— Ele é capaz de empurrá-lo e entrar para verificar se estou aqui... É até capaz de quebrar a sua cara...

— É seu marido?

— Sim.

Ela me contou que certa noite Jansen a convidara para jantar em um restaurante do bairro. Seu marido os tinha surpreendido, por acaso. Avançara em direção à mesa e a esbofeteara com as costas da mão. Duas bofetadas que fizeram os cantos da sua boca sangrarem. Depois, saíra antes que Jansen pudesse intervir.

Ele os havia esperado na calçada. Caminhava atrás deles a distância e os seguia ao longo daquela rua ladeada de árvores e de muros intermináveis que corta o cemitério de Montparnasse. Ela entrara no ateliê com Jansen, e seu marido tinha ficado plantado durante quase uma hora em frente à porta.

Ela achava que depois desse acidente Jansen experimentava certa reticência em revê-la. Considerando o quanto ele era calmo e desenvolto, eu calculava seu desconforto naquela noite.

Nicole me explicou que o marido era dez anos mais velho que ela. Era mímico e trabalhava no que chamavam então de cabarés "Rive gauche". Eu o vi pouco depois, duas ou três vezes, perambulando à tarde pela rue Froidevaux para surpreender Nicole à saída do ateliê. Ele me encarava com insolência. Um moreno bem alto, de aparência romancesca. Um dia, avancei em sua direção.

— Está procurando alguém?

— Estou procurando Nicole.

Uma voz teatral, ligeiramente anasalada. Em sua atitude e olhar, ele se valia da vaga semelhança com o ator Gérard Philipe. Usava uma espécie de sobrecasaca preta e uma echarpe muito comprida e desamarrada. Eu lhe tinha perguntado:

— Qual Nicole? Há tantas Nicoles...

Ele havia me lançado um olhar desdenhoso e depois dado meia-volta, tomando a direção da place Denfert-Rochereau, com andar afetado, como se saísse de cena, a echarpe esvoaçando ao vento.

Ela consultou o relógio de pulso à penumbra.

— Pronto... Pode acender... Não corremos mais risco... Ele deve ter começado seu número no École buissonnière...

— École buissonnière?

— É um cabaré. Ele se apresenta duas ou três vezes toda noite.

Seu nome artístico era Mímico Gil, e ele fazia um número tendo os poemas de Jules Laforgue e de Tristan Corbière como fundo sonoro. Ele havia mandado Nicole declamar os poemas, de modo que era a voz dela que escutava toda noite enquanto se deslocava pelo palco sob a simulação da luz do luar.

Ela me dizia que o marido era muito agressivo. Ele queria convencê-la de que uma mulher que vivia com um "artista" devia se entregar "de corpo e alma" a ele. Seu marido fazia cenas de ciúmes pelos motivos mais fúteis, e esse ciúme se tornara ainda mais doentio desde que ela havia conhecido Jansen.

Por volta das dez horas, ele deixaria o École buissonnière para ir ao cabaré da Vieille Grille, na rue du Puits-de-l'Ermite com sua maleta na mão. Ela continha um único acessório: o gravador com as fitas nas quais estavam gravados os poemas.

E Jansen, onde estaria, na minha opinião? Eu lhe respondi que realmente não fazia ideia. Em determinado momento, para chamar sua atenção, quis lhe falar do hotel no boulevard Raspail, porém me calei. Ela me propôs acompanhá-la até sua residência. Seria melhor voltar antes da chegada do marido. Falou-me de novo sobre ele. É claro, não sentia mais nenhuma estima pelo marido, até julgava ridículos seu ciúme e suas pretensões de "artista", mas eu percebia que o temia. Ele sempre voltava às onze e meia para verificar se ela estava em casa. Em seguida, saía para o último cabaré onde apresentaria seu número, um estabelecimento no bairro da Contrescarpe. Lá permanecia até as duas da manhã e obrigava Nicole a acompanhá-lo.

Nós seguíamos a avenue Denfert-Rochereau sob as árvores, e ela me fazia perguntas a respeito de Jansen. Eu lhe respondia de maneira evasiva: sim, ele viajava a trabalho e nunca me dava notícias. Depois, chegava de modo inesperado e desaparecia no mesmo dia. Uma verdadeira lufada de ar. Ela se deteve e ergueu o rosto para mim.

— Escute... Se um dia ele aparecer no ateliê, você não poderia me ligar escondido? Eu iria na mesma hora... Tenho certeza de que ele vai abrir a porta para mim.

Ela tirava do bolso do impermeável um pedaço de papel e me perguntava se eu tinha uma caneta. Escrevia seu número de telefone:

— Pode ligar a qualquer hora do dia ou da noite para me avisar.

— E seu marido?

— Ah... meu marido...

Ela deu de ombros. Aparentemente, não lhe parecia um obstáculo intransponível.

Ela tentava retardar o que chamava de "o retorno à prisão" e demos uma volta pelas ruas que hoje evocam para mim uma província estudiosa: Ulm, Rataud, Claude-Bernard, Pierre-et-Marie-Curie... Atravessamos a place du Panthéon, lúgubre sob a luz da lua, e eu jamais ousaria atravessá-la sozinho. Com o distanciamento dos anos, parece-me que o bairro estava deserto como após o toque de recolher. Aliás, aquela noite há quase trinta anos retorna com frequência em meus sonhos. Estou sentado no sofá ao lado dela, tão distante que tenho a impressão de estar na companhia de uma estátua. De tanto esperar, ela sem dúvida ficou petrificada. Uma luz estival de fim de dia banha o ateliê. As fotos de Robert Capa e de Colette Laurent foram retiradas da parede. Ninguém mais mora ali. Jansen partiu para o México. E nós? Nós continuamos esperando em vão.

Ao sopé da montagne Sainte-Geneviève, entramos em um beco sem saída: a rue d'Écosse. Tinha começado a chover. Ela se deteve em frente ao último prédio. O portão estava escancarado. Colocou um dedo nos lábios e me arrastou pelo corredor da entrada. E não acendeu a minuteria.

Havia uma fresta por onde passava luz por baixo da primeira porta à esquerda que dava para o corredor.

— Ele já chegou — sussurrou ao meu ouvido. — Vou ser espancada.

Esta palavra em sua boca me surpreendeu. A chuva caía cada vez mais forte.

— Nem mesmo posso emprestar um guarda-chuva a você...

Eu mantinha os olhos fixos na fresta por onde a luz passava. Sentia medo de vê-lo sair.

— É melhor ficar no corredor esperando o fim da tempestade... Afinal, meu marido não conhece você...

Ela me dava um aperto de mão.

— Se um dia Francis voltar, avise imediatamente... Promete?

Ela acendeu a minuteria e enfiou a chave na fechadura. Lançou-me um último olhar. Entrou e a ouvi dizer com voz trêmula:

— Boa noite, Gil.

O outro permanecia em silêncio. A porta se fechou. Antes que a luz se apagasse, tive tempo de notar, na parede do corredor, a caixa de correio deles entre as outras. Nela estava inscrito, em caracteres vermelhos e elegantes:

Nicole

e

Gil

Mímico Poeta

O barulho de um móvel caindo. Alguém se chocando contra a porta. A voz de Nicole:

— Me larga...

Ela parecia se debater. O outro permanecia em silêncio. Ela dava um grito abafado como se ele a estrangulasse. Eu me perguntei se não devia intervir, mas permanecia imóvel na escuridão, debaixo do pórtico. A chuva já havia formado uma poça à minha frente, no meio da calçada.

Ela gritou "Me larga" mais alto que da primeira vez. Eu estava prestes a bater à porta, mas a luz que passava pela fresta se apagou.

Um instante depois, o rangido de uma cama de molas. Então suspiros e a voz rouca de Nicole ainda repetindo:

— Me larga.

Continuava a chover enquanto ela soltava queixas entrecortadas e eu escutava o rangido da cama de molas. Depois, a chuva não passava de uma espécie de chuvisco.

Eu ia cruzar o portão quando a minuteria se acendeu às minhas costas. Os dois estavam no corredor; ele carregando a maleta. Seu braço esquerdo envolvia os ombros de Nicole. Eles passaram, e ela fingiu não me conhecer. Mas, ao chegar ao fim da rua, ela se virou e me dirigiu um leve aceno com a mão.

Certa tarde ensolarada de maio, Jansen havia me surpreendido trabalhando. Eu tinha lhe falado de Nicole, e ele me escutava com ar distraído.

— Essa moça é muito gentil — havia me dito —, mas tenho idade para ser pai dela...

Ele não compreendia muito bem em que consistia a atividade do marido dela e, diante da lembrança daquela noite em que o vira esbofetear Nicole no restaurante, ele ainda se surpreendia que um mímico fosse tão agressivo. Ele imaginava os mímicos como possuidores de gestos muito lentos e muito suaves.

Tínhamos saído os dois e mal déramos alguns passos quando reconheci a figura à espreita na esquina da rua ladeada de altos muros que atravessa o cemitério: o Mímico Gil. Ele usava paletó e calças pretas, com uma camisa branca bem passada cuja gola larga escondia as lapelas do paletó.

— Olhe só... Nosso velho conhecido — disse Jansen.

De braços cruzados, ele esperava que passássemos à sua frente. Avançávamos pela calçada fingindo não notá-lo. Ele atravessou a rua e se posicionou no meio da calçada na qual caminhávamos, as pernas ligeiramente afastadas. Cruzava de novo os braços.

— Acha que vamos precisar brigar? — perguntou-me Jansen.

Chegamos aonde ele estava, e ele barrou nossa passagem saltitando da esquerda para a direita como um boxeador pronto para dar um golpe. Eu o empurrei. Sua mão esquerda acertou meu rosto com um gesto mecânico.

— Venha — chamou-me Jansen.

E me puxou pelo braço. O outro se virou para Jansen.

— Ei, fotógrafo... Você não perde por esperar.

Sua voz tinha o timbre metálico e a dicção bastante empostada de certos integrantes da Comédie Française. Nicole havia me explicado que também era ator e ele próprio gravara o último texto da trilha sonora de seu espetáculo:

uma longa passagem de *Ubu rei,* de Alfred Jarry. Parecia gostar muito do texto. Era o trecho da bravura e o clímax de seu número.

Continuamos a caminhar em direção à place Denfert-Rochereau. Eu me virei. De longe, sob o sol, apenas se distinguiam o terno preto e os cabelos castanhos. Seria a proximidade com o cemitério? Havia algo de fúnebre em sua silhueta.

— Ele está nos seguindo? — perguntou Jansen.

— Sim.

Então, ele me explicou que vinte anos antes, no dia em que tinha sido preso em uma batida policial na saída da estação George-V, um homem moreno de terno escuro estava sentado à sua frente no vagão do metrô. A princípio, tomara-o por um simples passageiro, mas, alguns minutos depois, constatou que o homem fazia parte da equipe de policiais que os havia levado para o Depósito — ele e umas dez outras pessoas. Tivera a vaga sensação de que o homem o seguia no corredor do metrô. O Mímico Gil, com seu terno preto, lembrava-lhe aquele policial.

Ele continuava a nos seguir com as mãos nos bolsos. Eu o escutava assobiar uma música que me aterrorizava na infância: "Il était un petit navire".

Sentamos à calçada do café onde eu tinha encontrado Jansen pela primeira vez. O outro se deteve na calçada à nossa frente e cruzou os braços. Jansen apontou para ele.

— Ele é tão pegajoso quanto o policial de vinte anos atrás. Aliás, talvez seja o mesmo.

O sol me ofuscava. Sob a luz crua e cintilante, uma mancha negra flutuava à nossa frente. Ela se aproximava. O contorno do Mímico Gil se desenhava na contraluz. Iria nos apresentar uma de suas pantomimas em sombras chinesas ao som de um poema de Tristan Corbière?

Ele estava ali, de pé, plantado diante da nossa mesa. Ergueu os ombros e, com atitude presunçosa, se afastou em direção à gare de Denfert-Rochereau.

— Está na hora de deixar Paris — declarou Jansen —, pois tudo isso está se tornando fatigante e ridículo.

À medida que me lembro de todos esses detalhes, adoto o ponto de vista de Jansen. Durante as poucas semanas que frequentei seu ateliê, ele contemplava os seres e as coisas a uma grande distância e lhe restavam apenas pontos de referência vagos e silhuetas imprecisas. E, por um fenômeno de reciprocidade, esses seres e essas coisas, ao seu contato com ele, perdiam a consistência. É possível que o Mímico Gil e sua mulher ainda estejam vivos em alguma parte? Embora tenha tentado me convencer disso e imaginado a seguinte situação, não acredito nela de verdade: trinta anos depois, encontro os dois em Paris, todos os três envelhecemos, nós nos sentamos à mesa na calçada de um café e evocamos tranquilamente as lembranças de Jansen e da primavera de 1964. Tudo o que me parecia enigmático se torna claro e até mesmo banal.

Assim como a noite em que Jansen tinha reunido alguns amigos no ateliê, pouco antes de sua partida para o México, numa "festinha de despedida", como ele dizia rindo...

Ao me lembrar daquela noite, experimento a necessidade de reter as figuras que me escapam e de fixá-las como em uma fotografia. Mas, depois de tão grande quantidades de anos, os contornos ficam borrados, e uma dúvida cada vez mais insidiosa corrói os rostos. Trinta anos bastam para que provas e testemunhas se percam. Além disso, eu havia sentido naquele momento que os laços entre Jansen e os amigos afrouxaram. Ele nunca mais os veria e isso não parecia lhe afetar de forma alguma. Quanto a eles, sem dúvida estavam surpresos por terem sido convidados quando Jansen deixara de lhes dar sinal de vida havia tempos. A conversa começava para morrer logo em seguida. E Jansen, que deveria ser o elo entre aquelas pessoas, parecia tão ausente... Tinha-se a impressão de que ele estava em uma sala de espera por acaso. O pequeno número de convidados acentuava ainda mais o desconforto: eram quatro, sentados a uma enorme distância uns dos outros. Jansen arrumara um bufê que contribuía para o caráter insólito daquela noite. De vez em quando, um deles se levantava, caminhava até o bufê para se servir de um copo de uísque ou de um biscoito salgado, e o silêncio dos outros envolvia essa ação em uma solenidade inaudita.

Foram convidados para a "festinha de despedida" os Meyendorffs, um casal de uns cinquenta anos que Jansen conhecia de longa data, pois eu tinha catalogado uma foto em que eles apareciam com Colette Laurent em um jardim. O homem era moreno, magro, de rosto fino e usava óculos escuros. Expressava-se com uma voz muito doce e fora muito gentil comigo, a ponto de me perguntar o que eu pretendia fazer na vida. Havia sido médico, mas acho que não exercia mais a profissão. Sua mulher, uma morena de baixa estatura, os cabelos presos num coque e maçãs do rosto salientes, tinha a aparência severa de uma ex-professora de balé e um leve sotaque americano. Os dois outros convivas eram Jacques Besse e Eugène Deckers, a quem eu atendera diversas vezes ao telefone, na ausência de Jansen.

Jacques Besse havia sido um músico talentoso na juventude. Eugène Deckers dedicava seu tempo livre à pintura e tinha mobiliado um imenso sótão na île Saint-Louis.* De origem belga, para ganhar a vida, ele representava papéis secundários em filmes B ingleses, pois era bilíngue. Mas eu não sabia de nada disso na ocasião. Naquela noite, eu me contentava em observá-los sem fazer muitas perguntas. Estava na idade em que nos vemos com frequência cercados de companhias curiosas, e aquelas, afinal de contas, não eram mais estranhas que nenhuma outra.

Perto do fim da reunião, o ambiente ficou mais descontraído. Ainda estava claro, e Eugène Deckers, que tentava animar um pouco o grupo, propôs que fôssemos beber algo lá fora,

---

* Soube depois que Jacques Besse tinha composto a partitura para a peça *As moscas*, de Jean-Paul Sartre, e a música do filme *Dédé d'Anvers*. Os últimos endereços que consegui localizar dele foram: 15, rue Hégésippe-Moreau, Paris (18º), e Château de la Chesnaie, Chailles (Loir-et-Cher), tel.: 27.
    Eugène Deckers fez várias exposições. Morreu em Paris, em 1977. Seu endereço era: 25, cais de Anjou, Paris.

no banco em frente ao ateliê. Saímos todos, deixando a porta entreaberta. Nenhum carro passava mais na rue Froidevaux. Ouvíamos o agitar das folhas sob a brisa de primavera e o ruído longínquo do trânsito para os lados de Denfert-Rochereau.

Deckers carregava uma bandeja cheia de aperitivos. Atrás dele, Jansen arrastava uma das poltronas do ateliê, que colocou no meio da calçada. Fez sinal para que a senhora de Meyendorff se acomodasse. De súbito, voltava a ser o Jansen de outros tempos, o das noitadas na companhia de Robert Capa. Deckers bancava o mordomo, a bandeja na mão. Com seus cabelos castanhos encaracolados e seu rosto de corsário, era possível imaginá-lo participando daquelas noitadas agitadas sobre as quais Jansen tinha me contado, em que Capa o levava em seu Ford verde. O desconforto do início da reunião se dissipava. O doutor de Meyendorff estava no banco ao lado de Jacques Besse e lhe falava com sua voz doce. De pé na calçada, segurando seus copos, como se participassem de um coquetel, a senhora de Meyendorff,

Jansen e Deckers conversavam. A senhora de Meyendorff acabou sentando-se na poltrona ao ar livre. Jansen se virou para Jacques Besse:

— Você pode cantar "Cambriole" para a gente?

Essa música, composta aos vinte e dois anos, havia, outrora, atraído atenção para Jacques Besse. Ele tinha sido considerado o líder de uma nova geração de músicos.

— Não. Não estou com vontade...

Ele abriu um sorriso triste. Não compunha havia muito tempo.

Suas vozes agora se misturavam no silêncio da rua: a voz muito doce e muito lenta do doutor de Meyendorff, a voz grave de sua mulher, a voz pontuada com sonoras gargalhadas de Deckers. Apenas Jacques Besse, com um sorriso nos lábios, permanecia em silêncio no banco escutando Meyendorff. Eu me mantinha um pouco à parte e olhava para a entrada da rua que corta o cemitério: talvez o Mímico Gil aparecesse e se postasse a distância, com os braços cruzados, acreditando que Nicole fosse se juntar a nós. Mas não.

Em determinado momento, Jansen se aproximou e me disse:

— E agora? Está contente? Essa noite está bonita... A vida começa para você...

E era verdade: eu ainda tinha todos esses longos anos à minha frente.

Jansen havia me falado várias vezes dos Meyendorffs. Passara a se encontrar muito com o casal após o desaparecimento de Robert Capa e de Colette Laurent. A senhora de Meyendorff era adepta das ciências ocultas e do espiritismo. O doutor de Meyendorff — encontrei o cartão de visita que ele tinha me dado naquela "festinha de despedida": *Doutor Henri de Meyendorff, 12, rue Ribéra, Paris, 16º, Auteuil 28-15, e Le Moulin, em Fossombrone (Seine-et-Marne)* — dedicava o tempo livre a estudos sobre a Grécia antiga e escrevera uma pequena obra consagrada ao mito de Orfeu.*

Jansen tinha participado, durante alguns meses, das sessões de espiritismo organizadas pela senhora de Meyendorff. O objetivo era fazer os mortos falarem. Eu experimento uma

---

*Orphée et l'Orphéisme, por H. de Meyendorff, Paris, Éditions du Sablier, 1949.

instintiva desconfiança e muito ceticismo em relação a esse tipo de manifestação. Mas compreendo que Jansen, em um período de grande desespero, tenha recorrido a isso. Queriam fazer os mortos falarem; queriam sobretudo que eles voltassem de verdade e não apenas em nossos sonhos, onde, apesar de estarem ao nosso lado, encontram-se tão distantes e tão ausentes...

De acordo com o que me confidenciou, conhecera os Meyendorffs bem antes da época em que eles apareciam na foto com Colette Laurent no jardim. Ele os conhecera havia dezenove anos. Depois, a guerra tinha sido declarada. Como a senhora de Meyendorff era de nacionalidade americana, ela e o marido partiram para os Estados Unidos, deixando com Jansen as chaves do apartamento de Paris e da casa de campo, onde ele morou durante os dois primeiros anos da Ocupação.

Com frequência imaginei que os Meyendorffs pudessem ser as pessoas mais capacitadas a me fornecer mais informações sobre Jansen. Quando ele deixou Paris, eu havia concluído meu trabalho: todo o material reunido sobre ele estava contido no caderno vermelho da Clairefontaine, no catálogo em ordem alfabética e no álbum *Neve e sol*, que tivera a gentileza de me oferecer. Sim, se fosse minha intenção escrever um livro sobre Jansen, teria sido necessário encontrar os Meyendorffs e tomar nota de seus depoimentos.

Faz uns quinze anos, eu folheava o caderno vermelho e, ao descobrir entre as páginas o cartão de visita do doutor de Meyendorff, disquei seu número de telefone, mas não foi "possível completar a ligação". O doutor não era mencionado na lista daquele ano. Por desencargo de consciência, fui ao número 12 da rue Ribéra e a zeladora me disse que não conhecia ninguém com aquele nome no prédio.

Naquele sábado de junho tão próximo das férias de verão, fazia um tempo lindo e eram cerca das duas da tarde. Sozinho em Paris, a perspectiva era de um longo dia ocioso. Decidi ir ao endereço de Seine-et-Marne indicado no cartão de visita do médico. Claro, eu poderia saber pelo serviço de informações se alguém chamado Meyendorff ainda morava em Fossombrone e, neste caso, telefonar-lhe, mas preferia verificar eu mesmo, *in loco*.

Peguei o metrô até a gare de Lyon, depois comprei um bilhete para Fossombrone no guichê das linhas para a periferia. Precisaria mudar de trem em Melun. O compartimento do vagão onde embarquei estava vazio e eu, quase feliz por ter encontrado um propósito para meu dia.

Foi enquanto aguardava a locomotiva para Fossombrone na plataforma da estação de Melun que meu humor mudou. O sol do início da tarde, os raros passageiros e aquela visita a pessoas que eu tinha visto uma única vez, quinze anos antes, e que haviam, sem dúvida, desaparecido ou me esquecido me causaram de súbito uma sensação de irrealidade.

Éramos dois na locomotiva: uma mulher de uns sessenta anos, carregando uma sacola de mantimentos, tinha se sentado à minha frente.

— Meu Deus... Que calor....

Ouvir sua voz me reconfortou, embora eu tivesse ficado surpreso por ela ser tão clara e emitir um ligeiro eco. O couro do banco queimava. Não havia um único canto à sombra

— Já estamos chegando a Fossombrone? — perguntei-lhe

— É a terceira parada.

Remexeu na bolsa de mantimentos e encontrou por fim o que procurava: uma carteira preta. Ela se calou.

Eu gostaria de ter quebrado o silêncio.

A mulher desembarcou na segunda parada. A locomotiva retomou a marcha e eu fui tomado pelo pânico. Dali em diante, estava sozinho. Temia que a locomotiva aumentasse gradualmente a velocidade e me conduzisse a uma viagem interminável. Mas ela reduziu a marcha e parou em uma pequena estação de muro bege na qual li Fossombrone em letras grená. No interior da estação, ao lado dos guichês, uma banca de jornal. Comprei um jornal no qual verifiquei a data e li as manchetes.

Perguntei ao jornaleiro se ele conhecia uma casa chamada Le Moulin. Ele explicou que eu deveria seguir a rua principal do vilarejo e caminhar reto até as margens da floresta.

As venezianas das casas da rua principal estavam fechadas por causa do sol. Não havia ninguém à vista e eu poderia ter me inquietado por estar sozinho no meio daquele vilarejo desconhecido. A rua principal agora se transformava em uma alameda muito larga ladeada de plátanos cujas folhas mal permitiam que os raios de sol se infiltrassem. O silêncio, a imobilidade das folhas, as manchas de sol sobre as quais eu caminhava me proporcionavam de novo a sensação de estar sonhando. Consultei mais uma vez a data e as manchetes do jornal que segurava, para me ligar ao mundo exterior.

Do lado esquerdo, até as margens da floresta, um muro baixo cercava a propriedade e, no portal de madeira verde, Le Moulin estava escrito a tinta branca. Afastei-me do muro e fui para o outro lado da alameda, com a intenção de observar a casa. Ela parecia formada por várias construções de fazenda ligadas entre si, porém sem nada mais de campestre: a varanda, as grandes janelas e a hera da fachada lhe conferiam o aspecto de um bangalô. O parque abandonado havia se transformado em uma clareira.

O muro formava um ângulo reto e se prolongava ainda uns cem metros ao longo de um caminho que ladeava a floresta e dava acesso a várias outras propriedades. Vizinho à propriedade Le Moulin, um chalé branco construído como um forte com varandas envidraçadas, separado do caminho por uma cerca branca e um aglomerado de alfeneiros. Uma mulher usando chapéu de palha cortava a grama, e fiquei aliviado pelo zumbido de motor rompendo o silêncio.

Esperei que ela se aproximasse da entrada. Quando me viu, desligou o motor do aparador de grama. Tirou o chapéu de palha. Uma loura. Ela veio abrir a cerca.

— O doutor de Meyendorff ainda mora no Le Moulin?

Tive dificuldade de pronunciar as sílabas dessa frase. Elas soaram de um jeito esquisito.

A loura me olhava com uma expressão de surpresa. Minha voz, meu embaraço, a sonoridade de "Meyendorff" tinham algo de incongruente e solene.

— Já faz muito tempo que ninguém mora no Moulin — respondeu ela. — Pelo menos, não desde que eu moro nesta casa.

— Não se pode visitá-la?

— É preciso pedir ao caseiro. Ele vem aqui três vezes por semana. Mora em Chailly-en-Bière.

— E a senhora não sabe onde estão os proprietários?

— Acho que eles moram na América.

Então, havia uma grande possibilidade de ainda serem os Meyendorffs.

— A casa lhe interessa? Tenho certeza de que está à venda.

Ela havia me convidado a entrar em seu jardim e fechava o portão.

— Estou escrevendo um livro sobre alguém que morou aqui e queria simplesmente conhecer o lugar.

De novo, tive a impressão de que empregava um tom demasiado solene.

Ela me conduzia até os fundos do jardim. Uma tela de arame marcava o limite com o parque abandonado do Moulin. Havia um grande buraco na tela de arame e ela apontou para ele:

— É fácil passar para o outro lado...

Eu acreditava estar sonhando. Ela possuía uma voz tão doce, olhos tão claros, mostrava-se tão solícita... Ela se aproximara de mim e de súbito me perguntei se fazia sentido eu espreitar uma casa abandonada, "do outro lado", como ela dizia, em vez de ficar com ela e conhecê-la melhor.

— Enquanto vai visitar a casa, poderia me emprestar seu jornal?

— Com todo prazer.

— É para ver os programas de televisão.

Eu lhe estendi o jornal. Ela me disse:

— Não tenha pressa. E não se preocupe. Eu vigio.

Eu passava pelo buraco da tela de arame e desembocava em uma clareira. Caminhava em direção à casa. À medida que avançava, a clareira dava lugar a um gramado abandonado que atravessava uma alameda de cascalho. Le Moulin oferecia o mesmo aspecto de bangalô que a vista do lado do portal conferia. À esquerda, a construção se prolongava em uma capela da qual removeram a porta e que não passava de um galpão.

No térreo, as venezianas estavam fechadas, assim como os dois painéis verdes de uma porta-balcão. Dois grandes plátanos se erguiam a uns dez metros um do outro e suas folhas entrelaçadas formavam uma cobertura verde que me evocava o passeio público de uma cidade do sul. O sol brilhava intensamente, e a sombra das árvores me propiciou uma súbita sensação de frescor.

Naquele exato lugar a foto de Colette Laurent e dos Meyendorffs tinha sido tirada por Jansen. Eu reconhecera os plátanos e, à direita, o poço com a mureta recoberta de hera. No caderno vermelho, eu anotara: "Foto dos Meyendorffs e de Colette Laurent em Fossombrone. Sombras, primavera ou verão. Poço. Data indeterminada." Eu havia inquirido Jansen com o objetivo de saber a que ano aquela foto remontava, mas ele dera de ombros.

A construção projetava uma sombra à direita e as venezianas de uma das janelas do térreo estavam abertas. Colei a testa ao vidro. Os raios de sol projetavam manchas de luz na parede ao fundo. Avistei um quadro pendurado: o retrato da senhora de Meyendorff. No canto do aposento, uma escrivaninha de mogno atrás da qual eu distinguia uma poltrona de couro. Duas outras poltronas parecidas perto da janela. Prateleiras de livros na parede da direita, acima de um divã de veludo verde.

Eu gostaria de ter invadido aquele aposento onde pouco a pouco a poeira do tempo se instalara. Jansen devia ter se sentado com frequência nas poltronas e eu o imaginava, ao se aproximar o finzinho de tarde, lendo um dos volumes da biblioteca. Ele tinha ido àquele lugar com Colette Laurent. E, depois, era sem dúvida nesse escritório que a senhora de Meyendorff fazia os mortos falarem.

Mais adiante, a loura recomeçara seu trabalho na grama e eu escutava um zumbido de motor agradável e reconfortante.

Nunca mais voltei a Fossombrone. E, hoje, quinze anos depois, suponho que Le Moulin tenha sido vendido e que os Meyendorffs terminem suas vidas em algum lugar da América. Não tive notícias recentes das outras pessoas convidadas para a "festinha de despedida" de Jansen. Certa tarde de maio de 1974, eu tinha cruzado com Jacques Besse no boulevard Bonne-Nouvelle, na altura do théâtre du Gymnase. Eu havia lhe estendido a mão, porém ele não prestara atenção e se afastara empertigado, sem me reconhecer, com o olhar vazio, uma blusa de gola rulê cinza chumbo e uma barba de vários dias.

Havia alguns meses eu ligara a televisão tarde da noite e estava passando uma série policial inglesa, adaptada de *O Santo,* de Leslie Charteris, e tive a surpresa de ver surgir Eugène Deckers. A cena havia sido rodada na Londres dos anos sessenta, possivelmente no mesmo ano e na mesma semana em que Deckers tinha ido à "festinha de despedida". Na tela, ele atravessava um saguão de hotel, e eu me dizia que era realmente estranho que alguém pudesse passar de um mundo em que tudo termina a outro, livre das leis da gravidade e no qual se fica em suspenso por toda a eternidade: daquela noitada na rue Froidevaux, da qual nada restava, exceto os efêmeros ecos em minha memória, àqueles instantes captados na película em que Deckers atravessava um saguão de hotel até o fim dos tempos.

Naquela noite, eu havia sonhado que estava no ateliê de Jansen, sentado no sofá como antigamente. Eu olhava para as fotos da parede e, de súbito, ficava abalado com a semelhança entre Colette Laurent e minha namorada da época, com quem eu estava ao conhecer Jansen e de quem também não sabia o destino. Eu me convencia de que ela e Colette Laurent eram a mesma pessoa. A distância dos anos havia embaralhado as perspectivas. Tanto uma quanto a outra tinham cabelos castanhos e olhos cinzentos. E o mesmo nome.

Saí do ateliê. Já estava escuro, e isso me deixara surpreso. Havia me lembrado de que estávamos em outubro ou em novembro. Eu caminhava na direção de Denfert-Rochereau. Devia encontrar Colette e algumas outras pessoas em uma casa próxima ao parque Montsouris. Lá nos reuníamos todas as noites de domingo. E, em meu sonho, eu tinha certeza de reencontrar naquela noite, entre os convidados, Jacques Besse, Eugène Deckers, o doutor de Meyendorff e sua mulher.

A rue Froidevaux me parecia interminável, como se as distâncias se estendessem ao infinito. Eu receava chegar atrasado. Eles me aguardariam? A calçada estava atapetada de folhas mortas e eu ladeava o muro e a escarpa gramada do reservatório de Montsouris, atrás dos quais eu imaginava a água adormecida. Um pensamento me acompanhava, a princípio vago, e cada vez mais e mais preciso: eu me chamava Francis Jansen.

Ao meio-dia da véspera da manhã em que Jansen deixou Paris, eu tinha ido ao ateliê arrumar as fotos nas maletas. Nada me fazia prever sua partida repentina. Ele havia me dito que não se mudaria até o fim do mês de julho. Alguns dias antes, eu lhe entregara as cópias do caderno e do catálogo. A princípio, ele hesitara em pegá-los.

— Acha mesmo que preciso disso nesse momento?

Depois, ele havia folheado o catálogo. Demorava-se em uma página e às vezes pronunciava um nome em voz alta, como se tentasse se lembrar do rosto de seu dono.

— Por hoje chega...

Ele tinha fechado o catálogo com um gesto seco.

— Você fez um belo trabalho de escriba... Parabéns...

No último dia, quando ele entrou no ateliê e me surpreendeu arrumando as fotos, voltou a me parabenizar:

— Um verdadeiro arquivista... Deviam contratá-lo nos museus...

Fomos almoçar em um restaurante do bairro. Ele carregava a Rolleiflex. Após o almoço, seguimos o boulevard Raspail e ele se deteve diante do hotel localizado na esquina da rue Boissonade, que se ergue solitário ao lado do muro e das árvores do Centro Americano.

Ele recuou até a beirada da calçada e tirou várias fotos da fachada daquele hotel.

— Eu morei aqui quando cheguei a Paris...

Ele me explicou que tinha adoecido na noite de sua chegada e passado uns dez dias no quarto. Um refugiado austríaco, um tal de doutor Tennent, hospedado no hotel com a mulher, cuidara dele.

— Eu tirei uma foto dele na época...

Verifiquei naquela mesma noite. Como eu tinha catalogado as fotos em ordem cronológica no caderno vermelho da Clairefontaine, ela constava no início da lista:

1. *Doutor Tennent e senhora. Jardin du Luxembourg. Abril de 1938.*

— Mas eu ainda não tinha fotos desse hotel... Pode incluí-la no seu inventário...

Ele me propôs acompanhá-lo à Rive droite, onde precisava procurar "uma coisa". A princípio, quis pegar o metrô na estação Raspail, mas, depois de ter constatado no mapa que havia transferências demais até a estação Opéra, decidiu que iríamos até lá de táxi.

Jansen pediu ao motorista que parasse no boulevard des Italiens, na altura do Café de la Paix, e apontou para a calçada do café dizendo:

— Espere por mim ali... Não demoro...

Ele se dirigiu à rue Auber. Dei alguns passos ao longo do bulevar. Eu não tinha voltado ao Café de la Paix desde quando meu pai costumava me levar ali aos domingos à tarde. Por curiosidade, fui verificar se a balança automática em que nos pesávamos naqueles domingos ainda existia, bem em frente à entrada do Grand Hôtel. Sim, permanecia no mesmo lugar. Então, não consegui evitar subir nela, enfiar uma moeda na fenda e esperar a saída do tíquete cor-de-rosa.

Eu experimentava uma sensação esquisita, sentado sozinho na calçada do Café de la Paix, onde os fregueses se amontoavam em torno das mesas. Seria o sol de junho, o barulho do trânsito, as folhas das árvores cujo verde formava um contraste tão impressionante com o preto das fachadas e essas vozes estrangeiras que eu escutava nas mesas vizinhas? Parecia-me ser eu também um turista perdido em uma cidade desconhecida. Eu olhava fixamente o tíquete cor-de-rosa como se ele fosse o último objeto capaz de testemunhar e de me reconfortar a respeito da minha identidade, mas esse tíquete aumentava ainda mais meu desconforto. Ele evocava uma época tão longínqua da minha vida que eu encontrava dificuldade em ligá-la ao presente. Acabava por me questionar se era eu aquela criança que vinha aqui com o pai. Uma letargia, uma amnésia pouco a pouco tomavam conta de mim, como o sono no dia em que eu havia sido atropelado por uma caminhonete e em que aplicaram em meu rosto uma compressa embebida em éter. Pouco depois, eu não saberia mais quem eu era e nenhum daqueles estrangeiros ao meu redor poderia me informar. Tentava lutar contra essa letargia, os olhos fixos no tíquete cor-de-rosa no qual estava escrito que eu pesava setenta e seis quilos.

Alguém bateu no meu ombro. Ergui a cabeça, mas o sol ofuscava meus olhos.

— Você está muito pálido...

Eu via Jansen em sombras chinesas. Ele se sentou diante de mim à mesa.

— É o calor — balbuciei. — Deve ter sido um mal-estar...

Ele pediu um copo de leite para mim e um uísque para ele.

— Beba. Você vai melhorar depois...

Eu bebia o leite gelado devagarinho. Sim, pouco a pouco, o mundo ao meu redor retomava suas formas e suas cores, como se eu ajustasse um par de binóculos para tornar a visão cada vez mais nítida. Jansen, à frente, observava-me com benevolência.

— Não se preocupe, meu jovem... Eu também costumava cair em buracos negros com frequência...

Uma brisa soprava as folhas das árvores, que faziam uma sombra fresca enquanto andávamos, Jansen e eu, ao longo dos Grands Boulevards. Tínhamos chegado à place de la Concorde. Adentramos os jardins des Champs-Élysées. Jansen tirava fotos com sua Rolleiflex, mas eu quase não notava. Ele lançava um olhar furtivo no visor do aparelho, na altura de sua cintura. Entretanto, eu sabia que cada uma das suas fotos era de uma precisão extrema. Certo dia, quando eu me assombrei com essa fingida desenvoltura, ele me disse que era preciso "capturar as coisas com doçura e em silêncio senão elas se retraem".

Sentamos em um banco, e, sempre falando, ele se levantava de tempos em tempos e apertava o disparador à passagem de um cachorro, de uma criança, ao surgimento de um raio de sol. Ele havia se esticado e cruzado as pernas e mantinha a cabeça abaixada, como se tivesse adormecido.

Eu lhe perguntei o que estava fotografando.

— Meus sapatos.

Pela avenue Matignon, tínhamos chegado ao faubourg Saint-Honoré. Ele mostrou o prédio onde ficava a agência Magnum e quis que bebêssemos alguma coisa no café ao lado, que antigamente costumava frequentar com Robert Capa.

Estávamos instalados em uma mesa do fundo, e ele pedira de novo um copo de leite para mim e um uísque para ele.

— Foi neste café que conheci Colette — comentou ele de súbito.

Eu gostaria de ter lhe feito perguntas e falado de algumas fotos dela que eu havia catalogado no caderno vermelho:

Colette, 12, hameau du Danube.
Colette com sombrinha.
Colette. Praia de Pampelonne.
Colette. Escadaria da rue des Cascades.

Acabei dizendo:

— É uma pena eu não ter conhecido todos na época...

Ele me sorriu.

— Mas você ainda estava em idade de tomar mamadeira...

E ele apontava para o copo de leite que eu segurava.

— Espere um instante... Não se mexa...

Colocou a Rolleiflex na mesa e apertou o disparador. Tenho a foto, ao meu lado, assim como todas as que ele tirou naquela tarde. Meu braço erguido e meus dedos segurando o copo delineados à contraluz e, ao fundo, avista-se a porta aberta do café, a calçada e a rua banhada pela luz de verão — a mesma luz sob a qual caminhamos, minha mãe e eu, segundo me recordo, na companhia de Colette Laurent.

Depois do jantar, eu o acompanhei até o ateliê. Tínhamos feito um longo desvio. Ele falava mais que de costume e, pela primeira vez, fazia-me perguntas precisas com relação ao meu futuro. Inquietava-se com as condições em que eu vivia. Lembrou a precariedade de sua existência em Paris quando tinha minha idade. O encontro com Robert Capa o salvara, caso contrário talvez não tivesse tido ânimo para se dedicar à sua profissão. Aliás, Capa foi quem lhe ensinara o ofício.

Já passava da meia-noite e ainda conversávamos em um banco da avenue du Maine. Um cachorro pointer avançava sozinho na calçada com passos rápidos e veio nos cheirar. Não usava coleira. Parecia conhecer Jansen. O cachorro nos seguiu até a rue Froidevaux. A princípio de longe, depois se aproximou e caminhava ao nosso lado. Chegamos à frente do ateliê e Jansen remexeu nos bolsos, mas não encontrou a chave. De súbito, parecia fatigado. Acho que tinha bebido demais. Eu mesmo abri a porta com a cópia que ele me confiara.

No vão da porta, ele se despediu de mim com um aperto de mão e me disse em tom solene:

— Obrigado por tudo.

Jansen me encarava com um olhar ligeiramente anuviado. Fechou a porta antes que eu tivesse tempo de lhe avisar que o cachorro havia entrado no ateliê se esgueirando atrás dele.

No dia seguinte, telefonei para o ateliê por volta das onze horas, mas ninguém atendeu. Eu tinha obedecido ao sinal combinado com Jansen: desligar depois de três toques e ligar em seguida. Decidi ir até lá para terminar a organização das fotos.

Como de costume, abri a porta com a cópia da chave. As três maletas haviam desaparecido, assim como a foto de Colette Laurent e a de Jansen e Robert Capa, que costumavam ficar penduradas na parede. Na mesinha, um rolo de película para revelar. Eu o levei, naquela tarde, à loja da rue Delambre. Quando voltei lá, alguns dias depois, descobri no envelope todas as fotos tiradas por Jansen durante nosso passeio por Paris.

Eu sabia que a partir de então não valia mais a pena esperá-lo.

Revirei os armários do mezanino, mas eles não continham mais nada, nem uma única roupa, nem um único par de sapatos. Os lençóis e as cobertas foram retirados da cama, e o colchão estava nu. Nem sequer a menor guimba nos cinzeiros. Nenhum copo nem garrafas de uísque. Eu me comportava como um inspetor de polícia em visita ao ateliê de um homem procurado há tempos, e me dizia que era tudo inútil, pois não havia nenhuma prova de que aquele homem tivesse morado ali, nem mesmo uma impressão digital.

Esperei até as cinco horas, sentado no sofá, consultando o caderno vermelho e o catálogo. Aparentemente, Jansen tinha levado as cópias dos cadernos. Talvez Nicole tocasse a campainha e seria preciso lhe dizer que a partir de então corríamos o risco de esperar Jansen em vão e que, no decorrer dos próximos séculos, um arqueólogo nos encontraria mumificados no sofá. A rue Froidevaux seria matéria de uma revista. No cemitério de Montparnasse, descobririam o Mímico Gil transformado em estátua, e escutaríamos seu coração bater. E o gravador, atrás dele, reproduziria um poema que ele havia gravado com sua voz metálica:

Demônios e maravilhas
Ventos e marés...

Uma pergunta de súbito me atravessou o espírito: o que acontecera com o pointer que havia nos seguido na noite anterior e entrara no ateliê sem Jansen se dar conta? Ele o teria levado junto? Hoje, quando penso nisso, eu me pergunto se aquele cachorro não era, simplesmente, dele.

Voltei ao ateliê, mais tarde, ao cair da noite. Uma última mancha de sol tardava no sofá. Entre aquelas paredes, o calor era sufocante. Abri a porta envidraçada. Ouvia o farfalhar das árvores e os passos de quem caminhava pela rua. Causou-me surpresa o barulho do trânsito parecer ter sido interrompido para os lados de Denfert-Rochereau, como se a sensação de ausência e vazio deixada por Jansen se propagasse em ondas concêntricas e Paris fosse pouco a pouco desertada.

Eu me perguntei por que ele não tinha me avisado de sua partida. Mas alguns sinais sugeriam um desaparecimento iminente: a foto tirada do hotel no boulevard Raspail e o passeio até o faubourg Saint-Honoré para me mostrar a sede da antiga agência Magnum e o café que frequentava com Robert Capa e Colette Laurent. Sim, ele havia feito, em minha companhia, uma última peregrinação pelos locais de sua juventude. No fundo do ateliê, a porta da câmara escura estava entreaberta. Na tarde que Jansen tinha revelado as fotos minhas com minha namorada, a pequena lâmpada vermelha brilhava na escuridão. Ele se mantinha diante da cuba com as luvas de borracha. Havia me estendido os negativos. Ao voltarmos ao ateliê, a luz do sol me ofuscara.

Eu não lhe queria mal. Na verdade, eu o compreendia muito bem... Havia notado nele certas atitudes e certas características que me eram familiares. Ele tinha me dito: "Não se preocupe, meu jovem... Eu também costumava cair em buracos negros com frequência..." Eu não podia prever o futuro, mas, dali a uns trinta anos, quando tivesse chegado à idade de Jansen, não atenderia mais o telefone e desapareceria, como ele, em uma noite de junho, na companhia de um cachorro fantasma.

Três anos depois, certa noite de junho que estranhamente coincidia com o aniversário de sua partida, pensei muito em Jansen. Não por causa desse aniversário. Um editor tinha acabado de aceitar publicar meu primeiro livro e eu trazia, no bolso interno do paletó, uma carta anunciando a novidade.

Lembrei-me de que ao longo da última noite que havíamos passado juntos, Jansen se demonstrara preocupado com meu futuro. E hoje, tinham garantido que meu livro seria publicado em breve. Por fim eu saíra daquele período de indecisão e incerteza durante o qual eu vivia como uma fraude. Gostaria que Jansen estivesse ao meu lado para compartilhar de meu alívio. Eu estava sentado a uma mesa na calçada de um café próximo à rue Froidevaux e, por um instante, fiquei tentado a tocar a campainha do ateliê, como se Jansen ainda estivesse ali.

Como teria recebido esse primeiro livro? Eu não havia respeitado as instruções de silêncio que ele me dera no dia em que tínhamos conversado sobre literatura. Sem dúvida, teria considerado tudo aquilo uma profunda tagarelice.

Com minha idade, ele já era autor de várias centenas de fotos das quais algumas compunham *Neve e sol*.

Naquela noite, folheei *Neve e sol*. Jansen havia me dito que não era responsável por aquele título anódino, escolhido pelo próprio editor suíço, sem sequer o consultar.

À medida que eu virava as páginas, sentia cada vez mais o que Jansen havia desejado comunicar e que tinha gentilmente me desafiado a fazer com as palavras: o silêncio As duas primeiras fotos do livro traziam a mesma legenda: *Nº 140*. Elas representavam um desses conjuntos habitacionais da periferia parisiense em um dia de verão. Ninguém no pátio nem na entrada que dava para as escadas. Nem uma única silhueta nas janelas. Jansen me explicara que um colega com a mesma idade que ele, que havia conhecido no campo de Drancy, tinha morado ali. Quando o consulado da Itália conseguira liberar Jansen do campo, o colega tinha lhe pedido que fosse a esse endereço para dar notícias aos seus pais e à sua namorada. Jansen tinha ido ao "140", mas não encontrara nenhuma das pessoas mencionadas pelo colega. Ele voltara ali, depois da Liberação, na primavera de 1945. Em vão.

Então, desamparado, ele havia tirado essas fotos para fixar, ao menos em uma película, o lugar onde seu colega e seus parentes mais próximos moraram. Mas o pátio, a praça e os prédios desertos sob o sol tornaram a ausência deles ainda mais irremediável.

As fotos seguintes da coletânea eram anteriores às do "140", pois foram feitas quando Jansen estava refugiado em Haute-Savoie: extensões de neve cuja brancura contrastava com o azul do céu. Nas encostas, pontos negros que deviam ser esquiadores, um teleférico do tamanho de um brinquedo, e o sol lá em cima, o mesmo do "140", um sol indiferente. Através dessa neve e desse sol transpareciam um vazio, uma ausência.

De vez em quando, Jansen fotografava bem de perto as plantas, uma teia de aranha, conchas de escargot, flores, ramos de capim por onde corriam formigas. Sentia-se que ele imobilizava seu olhar em um ponto bem preciso para evitar pensar em outra coisa. Lembro-me do momento em que estávamos sentados no banco, nos jardins des Champs-Élysées, e onde, com as pernas cruzadas, ele fotografava seus sapatos.

E, de novo, as encostas das montanhas de uma brancura eterna sob o sol, as ruazinhas e as praças desertas do sul da França, as poucas fotos, todas com a mesma legenda: *Paris em julho* — este mês de julho do meu nascimento, em que a cidade parecia abandonada. Mas Jansen, para lutar contra essa sensação de vazio e abandono, havia desejado captar todo o aspecto campestre de Paris: cortinas de árvores, canal, paralelepípedos à sombra de plátanos, pátios, relógio de Saint-Germain de Charonne, escadaria da rue des Cascades... Ele estava em busca de uma inocência perdida e de paisagens feitas para a alegria e a despreocupação, mas onde, de agora em diante, não era mais possível ser feliz.

Ele achava que um fotógrafo não é nada, que deve se fundir à paisagem e se tornar invisível para trabalhar melhor e captar — como ele dizia — a luz natural. Não se ouviria nem mesmo o clique da Rolleiflex. Ele gostaria de dissimular sua máquina. A morte de seu amigo Robert Capa se explicava justamente, segundo ele, por essa vontade, ou essa vertigem, de se fundir de uma vez por todas à paisagem.

Ontem foi a segunda-feira depois da Páscoa. Eu ladeava o trecho do boulevard Saint-Michel que vai da antiga gare du Luxembourg até Port-Royal. Uma multidão de passantes se amontoava perto das grades da entrada do jardim, mas ali onde eu caminhava não havia ninguém. Certa tarde, na mesma calçada, Jansen tinha me mostrado a livraria na esquina do bulevar com a pequenina rue Royer-Collard. Nela visitara, pouco antes da guerra, uma exposição de fotografias do pintor Wols. Foram apresentados, e ele o admirava tanto quanto a Robert Capa. Tinha ido visitá-lo em Cassis, onde Wols se refugiara no início da Ocupação. Foi Wols quem havia lhe ensinado a fotografar os próprios sapatos.

Naquele dia, Jansen tinha chamado minha atenção para a fachada da École des mines onde um trecho inteiro, da altura de um homem, apresentava marcas de balas. Uma placa rachada e ligeiramente deteriorada nas bordas indicava que um tal de Jean Monvallier Boulogne, de vinte anos, havia sido assassinado naquele local no dia da liberação de Paris.

Eu havia guardado esse nome por sua sonoridade, que evocava um passeio de canoa no Bois com uma jovem loura, um piquenique no campo à beira de um rio e de um pequenino vale onde estavam reunidos amigos e a mesma jovem loura — tudo isso interrompido brutalmente em uma tarde de agosto, na frente do muro.

Ora, naquela segunda-feira, para minha grande surpresa, a placa tinha desaparecido, e eu lamentava que Jansen, naquela tarde em que fomos juntos ao mesmo local, não houvesse tirado uma foto do muro crivado de balas e daquela placa. Eu a teria incluído em seu catálogo. Mas ali, de súbito, eu não tinha mais certeza de que esse Jean Monvallier Boulogne houvesse existido; aliás, eu não tinha mais certeza de nada.

Entrei no jardim me esgueirando entre a multidão amontoada diante das grades. Todos os bancos, todas as cadeiras estavam ocupados, e havia grande afluência nas alamedas. Jovens sentados nas balaustradas e nas escadas que descem rumo à fonte principal, em número tão grande que impossibilitava o acesso àquela parte do jardim. Mas isso não tinha nenhuma importância. Eu estava feliz em me perder em meio a essa multidão e — segundo a expressão de Jansen — me fundir à paisagem.

Restava lugar suficiente — uns vinte centímetros — para me sentar na extremidade de um banco. Meus vizinhos não precisaram sequer se espremer. Estávamos sob as castanheiras que nos protegiam do sol, pertinho da estátua de mármore branco de Veleda. Uma mulher, atrás de mim, conversava com uma amiga e suas palavras me embalavam: falavam de uma tal de Suzanne, que havia se casado com um tal de Raymond. Raymond era amigo de Robert, e Robert, irmão de uma das mulheres. A princípio, eu tentava concentrar a atenção no que diziam e reunir alguns detalhes que me serviriam de pontos de referência para que os destinos de Robert, Suzanne e Raymond saíssem pouco a pouco do terreno do desconhecido. Quem sabe? Por uma coincidência, cujas infinitas combinações sempre serão imprevisíveis, talvez Suzanne, Robert e Raymond tivessem um dia cruzado com Jansen na rua.

Fui tomado pela sonolência. As palavras ainda chegavam a mim através de uma ensolarada neblina: Raymond... Suzanne... Livry-Gargan... A princípio... Um caroço no olho... Èze-sur-Mer, perto de Nice... O quartel dos bombeiros no boulevard Diderot... O fluxo de passantes na aleia aumentava ainda mais esse estado de letargia. Eu me lembrava da reflexão de Jansen: "Não se preocupe, meu jovem... Eu também costumava cair em buracos negros com frequência..." Mas ali não se tratava sequer de um "buraco negro" como o que eu experimentara aos dezenove anos na calçada do Café de la Paix. Eu me sentia quase aliviado com essa perda progressiva de identidade. Ainda percebia algumas palavras; as vozes das duas mulheres se tornavam mais doces, mais distantes. A Ferté-Alais... Cavalheiro... Foi uma gentileza... Caravana... Viagem ao redor do mundo...

Eu desapareceria nesse jardim, entre a multidão da segunda-feira depois da Páscoa. Eu perdia a memória e já não entendia direito o francês, pois as palavras das minhas vizinhas não passavam de onomatopeias aos meus ouvidos. Os esforços que eu empregava havia trinta anos para exercer uma profissão, dar coerência à minha vida, tratar de falar e escrever uma língua o melhor possível a fim de ter plena certeza da minha nacionalidade, toda essa tensão afrouxava de súbito. Ponto final. Eu não era mais nada. Dali a pouco, eu me esgueiraria para fora desse jardim rumo a uma estação de metrô, depois a uma estação de trem e a um porto. Ao fecharem as grades, não restaria nada de mim além do impermeável que eu usava, embolado, sobre um banco.

Lembro-me de que nos últimos dias antes de seu desaparecimento, Jansen parecia ao mesmo tempo mais ausente e mais preocupado que de costume. Eu lhe falava e ele não me respondia. Ou então, como se eu houvesse interrompido o curso dos seus pensamentos, ele se sobressaltava e me pedia educadamente que repetisse o que tinha acabado de dizer.

Certa noite, eu o acompanhara até o hotel no boulevard Raspail, pois ele dormia cada vez com menos frequência no ateliè. Ele tinha me feito observar que esse hotel ficava a uns cem metros daquele onde morava quando chegou a Paris e que, para atravessar essa curta distância, ele havia precisado de quase trinta anos.

Seu rosto havia se entristecido e eu sentia que ele queria me confiar algo. Por fim, decidiu falar, mas com tamanha reticência que seus argumentos se confundiam e ele parecia encontrar dificuldade de se expressar em francês. Pelo que compreendi, ele havia procurado os consulados da Bélgica e da Itália para obter uma cópia da certidão de nascimento e outros documentos necessários para a partida. Uma confusão se produzira. De Anvers, sua cidade natal, transmitiram ao consulado da Itália o registro civil de outro Francis Jansen, já falecido.

Suponho que ele tenha telefonado do ateliê em busca de informações adicionais sobre esse homônimo, pois encontrei na folha de guarda do caderno em que eu havia catalogado as fotos as seguintes palavras, rabiscadas com sua letra quase ilegível, em italiano, como se tivessem sido ditadas: "Jansen Francis, nato a Herenthals in Belgio il 25 aprile 1917. Arrestato a Roma. Detenuto a Roma. Fossoli campo. Deportato da Fossoli il 26 giugno 1944. Deceduto in luogo e data ignoti."

Naquela noite, tínhamos passado diante de seu hotel e continuado em direção ao carrefour Montparnasse. Ele não sabia mais quem era. Disse que, depois de certa quantidade de anos, aceitamos uma verdade já pressentida, mas que escondíamos de nós mesmos por indiferença ou covardia: um irmão, um duplo morreu em nosso lugar, em data e lugar desconhecidos, e sua sombra acaba por se confundir conosco.

Este livro foi composto na tipologia Versailles
LT Std, em corpo 11/18,8, e impresso em
papel off-white no Sistema Cameron da
Divisão Gráfica da Distribuidora Record.